KB082368

마을로

마을로

2019년 11월 25일 제1판 제1쇄 발행

지은이   박용주
펴낸이   강봉구

펴낸곳   작은숲출판사
등록번호   제406-2013-000081호
주소   10880 경기도 파주시 신촌로 21-30(신촌동)
전화   070-4067-8560
팩스   0505-499-8560
홈페이지   http://cafe.daum.net/littlef2010
이메일   littlef2010@daum.net

ⓒ 박용주

ISBN 979-11-6035-074-6   03810
값은 뒤표지에 있습니다.

※이 책은 저작권법에 따라 보호받는 저작물이므로 무단 전재와 무단 복제를 금합니다.
※이 책의 전부 또는 일부를 이용하려면 반드시 저작권자와 '작은숲출판사'의 동의를 받아야
  합니다.
※이 책은 충남문화재단에서 제작비를 지원받았습니다.

마을로

박용주 시집

작은숲

| 시인의 말 |

시와

자전거와

작은 도서관은

내게 가장 큰 자유다

2019년 태양 가득한 가을

박용주

| 차례 |

제1부

감자 심는 날

비료포대를 열고
씨감자를 자르려다가
칼을 내려놓았다
못 볼 것을 보았기 때문이다

어두운 곳에서 그들은
서로를 그득 껴안고 있었다

그랬구나
시베리아보다 더 모질도록 춥던
지난 겨우내
험한 시간을 몸을 부비며 건뎌냈구나

이제 어떡하지
벌써 다들 수태했는데
내가, 무얼 한다는 거지

〉
양지 바른 밭이랑까지 데려다 주기만 하면
어련히 싹 틔우고 꽃 피울 것을

지금, 내가 칼을 들고 대체 무얼 한다는 거지

결

인사동 가구박물관에 있는
감나무 반닫이 결이 얼마나 곱고 깊던지
그 까닭이 궁금하지 않았겠나

상처지요
안내자는 한 마디 하고
싱겁게 웃었다

벌써 오래전 일인데
살면서 몸에 생채기가 날 때마다

내 영혼에 늘어가는 결,
결 고운 소리를 듣는다

외로움 장관

런던은 외롭대 그래서 외로움 장관을 두었대 Minister of Loneliness 그는 늘 노래 부르고 다닌대 어두운 골방에 갇힌 그대여 내 손을 잡고 밖으로 나가요 지금 쨍하고 해가 떴어요 그가 하는 일은 사람들 손을 잡아주는 거래 실은 이름처럼 자기도 늘 외롭대 그래서 집을 나서기 전에는 늘 손을 따뜻하게 데운대 사람들 손을 잡으면 자기도 따뜻해지기 때문이래 런던은 장관을 기다리는 이들이 많대 아이도 어른도 흰 사람도 검은 사람도 그가 나타나면 손을 잡는 게 다이지만 그래도 런던은 외로움이 많이 줄었대 런던 말고 빠리도 외롭대 평생을 노래하면서도 외롭고 우울하게 살다 떠난 에디뜨 삐아쁘 그녀가 눈을 감기 전에 기자가 물었대 죽는 것이 두려운가요 그녀가 한 말은 이거래 아뇨 외로움보다는 덜요 빠리 말고 서울도 외롭대 그래서 돈도 주고 쌀도 주고 시내버스 카드도 준대 그래도 여전히 외롭대 그래서 말인데 우리도 이런 장관을 뽑으면 어떨까 따뜻함장관 신남장관 떨림장관 설레임장관 황홀함

장관 장관은 명령 회의 결재 이런 일 말고 그냥 따뜻하게
하고 신나게 하고 가슴 떨리게 하고 설레게 하고 황홀하게
하는 거지 어때 이런 장관은 많아도 좋지 않겠어 서울에
이런 장관이 날마다 돌아다닌다면 얼마나 좋겠어

동피랑 *

물리고 싶은 시간이 있는가
동피랑을 오를 일이다

헐고 싶은 시간이 있는가
동피랑을 오를 일이다

통영 앞바다에 마파람 불어오는 날
동피랑에 올라
어깨를 나란히 붙이고 담벼락에 서면

가난한 시간도 거친 시간도
이토록 노란 그림이 되고
그림은 다시 붉은 꽃으로 피어나

넘어지고 깨진 영혼은
천사가 되어 하늘로 오르리니

〉

통영 앞바다 거센 바람 부는 날에는

어깨 짓누르는 바랑 벗어

마을 어귀에 걸쳐 놓고

동피랑 갈라진 계단을 찬찬히 오를 일이다

* '동쪽 벼랑'이라는 뜻. 통영 중앙시장 뒤 언덕의 오래된 마을. 담
벼락 벽화로, 철거 위기를 벗어나 관광명소로 변모함.

밑

똥을 놓고 밑을 닦는다
정성껏 닦고 바지를 올린다

지퍼를 닫고 허리띠를 조이다가
퍼뜩 드는 생각

한 번도 너를 본 적이 없구나

날마다 닦아 주면서도
정작 너를 바라본 적이 없구나

한 번도 눈 길 준 적이 없구나

발

눈물이 찔끔 나왔다
발을 디딜 수가 없이 아팠다

갈라진 발뒤꿈치를
들여다보았다
가뭄으로 쩍쩍 갈라진 논 같았다

얼굴 번지르르하게 가꾸며
기고만장할 때

얼굴 한번 들지 못하고
메말라 터지고 말았구나

미안하다
이제라도 밤마다 따뜻이 만져 줄게
오래도록 쓰다듬어 줄게

낙엽

산을 오르다 말고

낙엽을 가만히 헤집었다

바스락거리는 것들 아래

케케묵어 까맣게 짓무른 것들

겹겹 쌓여 곰삭은 향,

썩어서도 아름다운

산굼부리*

높은 오름만 오름인가
하늘로 솟은 오름만 오름인가

오르다 만 오름도
솟다가 꺼진 오름도
모두 오름이다

오름 곁에는 오름
함께 오르는 이들이 있어
움푹 팬 오름도 슬프지 않다

가슴 한 구석 상흔 없는 이,
결국 오르지 못한
슬픈 욕망 없는 이 어디 있나

우리는 모두 오름이었으며

여전히 오름

솟다가 꺼지고 또 다시 솟는
우리는 모두 오름이다

* 제주도 산봉우리 화구(火口)들

감 따는 날

붉은 감을 땁니다
옆에서 엄마는 잔소리를 합니다

다 따지 말어
꼭대기에 몇 개 남기고 내려온
까치도 먹고 살아야지
다 따 버리면 욕해

사람이나 짐승이나
목숨 있는 것끼리
나누며 살아야 뎌

지 혼자 움켜 쥐면 못써
꼭대기 잘 익은 걸로 남겨 둬라
그래야 내년에
해거름 없이 주렁주렁 여는 뱁여

엄마의 잔소리 그칠 줄 모릅니다
시월이 물들어 갑니다

귓속의 새

노을진 시간
새들은 어김없이 귓속에서
노래를 부른다

벼랑을 오르다
지쳐 쓰러진 시간
새들은
안단테로 시작하여
비바체까지
목청을 돋운다

어디서 왔는지 알 수 없는 새들
어두운 시간에만 듣는 노래

아침이면 새들은 산 넘고 물 건너
어느 먼 나라로 날아갔다가

밤이면 쏜살처럼 돌아와
귓속에 둥지를 틀고
노래를 시작하고

나는 오늘도 새들의 향연에 취해
자지러진다

맨도롱 또똣한

용머리에 물살 치받을 때
날마다 마지막이었제

그때 나이 열아홉 살이었으니
벌써 50년이나 물질했구면

모다 쪼르륵 쏟아 놓은 새끼들 때문이제

마지막 마지막 하면서도
모진 것이 맹줄이라

휘이, 휘이
귓전에 숨비소리* 들리면
그제서야
살았구나, 살았구나 한 거지

이 짓 그만하고
해 중천에 뜰 때까지
맨도롱 또똣한 아랫목에 누웠다가

큰 메누리가 차린
김 모락모락 나는 밥상 한번 받아보는 꿈
이제는 가물거린다만

개안타
억울할 것 없어
자식 모다 대학까지 가르치고
살림 차려 주었웅게
이만하면 잘 살았제
휘이, 휘이

* 해녀들이 물질할 때 숨이 차오르면 물 밖으로 내뿜는 소리

아프니까

가녀린 것을 척척 휘어
머리부터 발끝까지 단단히 옭아매고
뿌리를 짧게 잘라
분(墳) 안에 가두어
아침마다 맑은 물을 주고
부드러운 손으로 쓰다듬으며
따뜻한 말을 잊지 않는다

견뎌야 좋은 나무가 될 수 있다
젊을 때 고생은 사서도 한다잖니
잔가지 다 잘라주마
송진이 철철 흐를 거다
참아라, 딱지 아물고 나면
옹이도 보석이 되고
온 몸 구부러져야 빛이 난다
알고 있다

네가 얼마나 고통스러운지
아픈 만큼 성숙한다잖니
세상에 거저가 있니
보아라, 고삐 풀린 것들이
얼마나 막 되어 먹었는지
한 구석이라도 쓸모가 있니
싸가지가 노랗지
자유란 몹쓸 것
세상을 온통 나락羅落으로 만들지
아프니까, 청춘이잖니

요로법尿路法

　언젠가 자기 오줌으로 몹쓸 병을 고쳤다는 사람의 말을 듣고 의사 친구에게 오줌이 어떻게 몸에 이로울 수 있는지 물었다 친구는 똑똑한 의학적 해석을 내렸다

　노폐물인 오줌은 자기 몸에 관한 정보를 모두 담고 있지 그리고 우리의 목과 코의 막다른 부분에는 미지의 감각장치와 센서 세포가 있어 우리 자신의 오줌에 담긴 정보를 해독하고 그 정보는 시상하부에서 뇌하수체로 전달되어 결국 질병의 원인을 고치는 신비한 매카니즘을 동원하는 거야

　나는 해석을 해석하여 보냈다

　오줌은 자기 주인에게만 충신이다
　그는 몸 밖으로 버려진 자신을 천사처럼 받들어
　다시 몸 안으로 초대한 주인에게 기적을 선물하기로

문득 결심을 한 것이다
오줌은 처음 들어왔던 입을 통하여 식도와 위를 거쳐
장으로 천천히 내려간다
내려가면서 생채기난 주인의 몸을 따뜻하게 어루만
진다
어루만지며 그는 신神이 된다
그리고 자신을 노폐물이 아닌 영험靈驗한 존재로 받아준
주인을 위하여 굉장한 일을 한다
눈물을 흘리며 망가진 주인의 몸을 수리한다
몸의 구석 구석을 말끔하게 부활시키는 것이다

답장이 왔다

성수聖水를 마시는 이의 마음은 얼마나 비장하고
그 마음을 읽은 몸의 결행決行은 얼마나 준엄하겠나

허허

제2부

발리

발리의 하느님은 꽃을 좋아 하신대 돈도 떡도 아닌 오로지 꽃 그 중에서도 붉은 봉숭아꽃을 찾으신대 그래서 마음씨 착한 발리 사람들 집집마다 붉은 봉숭아를 심는대 그리고 한 잎 한 잎 딴 꽃잎을 볕에 말렸다가 돈 대신 하느님께 날마다 제물로 드린대

태양 가득한 날 드넓은 봉숭아 밭에 줄지어 꽃을 따는 것은 그들이 적도赤道를 따라 세상에 나왔기 때문 발리에 살며 발리를 그리워하는 것은 그들 전생이 바로 발리인 까닭 삶을 마치는 날 돌아가고픈 곳 또한 붉은 태양 들끓는 인도네시아 발리래

지난 여름 붉은 봉숭아꽃 가득한 발리를 여행하던 날 내 속 역시 온통 붉게 물들며 가슴 그토록 뜨거웠던 것이 혹시 내가 태어난 날이 뜨거운 칠월 열 이튿날인 까닭 아니었을까 아니면 나의 전생이 발리였던 것은 아니었을까

밤바다

어둔 밤을 힘차게 헤치고 오라
거친 파도를 타고 몸을 던져 오라

난민의 품격은 살아 남는 것
두려움에 저항하는 길은
부딪쳐 부서지고
부서져 부딪치는 것

캄캄한 밤이 지나면
아침은 기어이 온다
쓰나미라고 밀어부칠 수만은 없듯
가녀린 너도
격파激波에 몸을 온통 맡겨 버리면
하늘로 치솟을 수 있어

외로움도 길들면 친해지고

두려움도 잦아들면 괜찮다

순풍에는 로맨티스트였던 너도 돌풍에는 레지스탕스
가 될 수 있지

오늘 밤 파도를 타고 예까지 오라
가라앉지 말고 표표히 휘날리며 오라

밤의 의미

날 저물면 태양도 지평선 너머로 내려가고
풀들도 몸을 낮추어 둥지를 트네

아침은 어두운 밤을 보낸 이의 몫
애잔한 생명들을 위하여
까만 하늘에 작은 등불을 총총 걸어 두신
하느님의 자상함이여

깊은 소리는 어두운 시간에 들리고
영감은 외로운 밤에 임하네

혜성처럼 날아드는 사상은
깊은 밤을 깊게 보낸 이의 몫

가장 밝은 시간에 어두운 밤을
가장 어두운 밤에
찬란한 시간을 생각하는 이여, 이여

만일 세상의 책들이

모두 없어진다면
책만 알고 우쭐거리는 이들이 우습게 되겠지요

해 뜨는지 달 뜨는지
비 오는지 눈 오는지도 모르고
눈 부릅뜨고 밤낮 책만 보는 이들과
책 공장과 책 가게와 책을 읽어주는 이들이
똑같이 우습게 되겠지요

세상의 책들이 모두 없어진다면
그러면 시험도 없어지고 오로지 시험 때문에 사는 이
들이
똑같이 우습게 되겠지요
그리고 그 많은 시험지들은 박물관에 꽁꽁 갇히겠지요

세상의 책들이 모두 없어진다면

그때 사람들은 할 수 없이 밖으로 나가
아침부터 늦은 밤까지 맨발로 살며
빛나는 태양과 달과 별을 읽고
즐거운 빗소리와 바람소리를 읽고
시냇물을 읽고 뭉게구름과 개구리와 제비꽃을 읽지 않
겠어요

세상의 책들이 모두 없어진다면
책만 알고 살던 이들이
산에서 들에서 진짜 책을 발견하고는
꽤나 당황하지 않겠어요
그리고는 시험 없는 공부에 빠져
우스울 정도로 우쭐거리며
끝없이 행복해 하지 않겠어요

아이가

어른이기를 바라는 것은
얼마나 거친 일인가

한때는 우리 모두 아이였다는 것을 잊고
아이가 어른이기를 바라는 것은
얼마나 거친 일인가

때가 되면 모두 어른이 된다는 것을 잊고
아이가 지금 어른이기를 바라는 것은
얼마나 사나운 일인가

아이가 아이이기를 바라는 것은
얼마나 깊은가
아이는 아이일 수 있다는 것을 생각하는 것은
얼마나 따뜻한 일인가

아이는 아이다

얼마나 경이로운 말인가

수도관 터진 날

땅 속 혈관이 어쩌다 터질 때가 있지
그것은 자신을 세상에 알리는 유일한 방법

땅 속에도 생명이 있었지
땅 속에도 분노가 있었지

혈관이 터졌을 때
발밑으로 길이 나 있다는 것을 비로소 알았지

원천을 본 것이지
땅 속 혈관이 터진 날
깊은 곳
동맥이 시작되는 곳을 처음 보았지

민낯으로

본래 우리는 모두 민낯이었는데
생긴 대로 타고난 대로
잘도 살았는데

붉은 칠 하지 않으면 고개를 못 든 것이
언제부터인가
푸른 칠을 하지 않고는 문 밖을 못 나선 것이
언제부터였을까
언제부터 그것은 부끄러움이었을까

행여 민낯이 그립지 않은가
너는 너로 나는 나로
돌아가고 싶지 않은가

두꺼운 가면을 홀러덩 벗고
싱싱한 민낯으로

우리 이제
돌아가고 싶지 않은가

입 냄새

당신 입에는 부사가 가득해요
주렁주렁 달고 다녀요
꼭, 절대, 반드시

당신 나이 들더니 입에 뱄어요
확실히, 틀림없이, 무슨 일이 있어도
말 끝 마다 부사

당신 그거 알아요?
자신 없을 때 뿜어 나오는 거

참 이상하죠
나이 들면 남자들은 입 냄새가 나요

그래, 여보
이제부터는 아주, 각별히 조심할게요

처서

이제 그만 무성하자
올 여름 이만하면 됐어

몸을 낮추어도
햇볕은 내리쬐고
살가운 바람부는 가을이야
이제는 나를 다독일 시간

가만 가만
낮게 낮게

키는 이만하면 됐잖아

베트남 댁

코홀리개 삼 남매를 두고
아빠는 일찍 세상을 떠났네

베트남 댁 밭 매러 가고
아이들
할아부지와 할무니와 함께 학교 간 사이
불이 나서
집이 홀라당 타버렸네

어여 가, 애들 데리고 친정으로 돌아가
여기서 우떻게 살어
누굴 보고 멀 바라고 살겄니
시엄마는 애들보다 에미 걱정이 먼저였네

안 가요, 내가 왜 가요
등 굽은 시아부지 발 절뚝이 시엄마

밥은 누가 해준단 말이에요

요즘 여자 아니네
여간내기 아니네
호찌민 후예가 틀림없네

하늘나라는

틀림없이 작은 마을일 게다

하나같이 야트막한 지붕 아래 도란거리며
아욱 된장국 냄새 훌쩍 담을 넘는 마을

황금과 청옥으로 된 왕궁에서
용포 두른 왕이 백성을 근엄하게 내려다보는
아야, 그런 곳 아니라

별이 쏟아지는 여름 밤이면
마당 가운데 펼친 멍석 위에서
막 쪄낸 감자 포실포실 나눠 먹으며
질펀한 이야기로 배꼽잡고 웃는
사람들 사는 마을

고만고만한 이들 낮게 둘러앉아

웃기도 하고 울기도 하는
틀림없이 작은 마을일 게다

제3부

공주 놈

어릴 적에 만나 사귄 네가 어느 날 무지무지 싫은 때가 있었지 작고 못생긴 네 모습이 오죽 싫으면 눈만 뜨면 날 마다 떠날 차비만 하다가 스물넷 되던 해 결국 널 팽개치고 늘씬하고 번들번들한 도시 한복판을 얼간이 마냥 서성이며 구애를 했었지 하지만 그건 애초에 빗나간 짓이었어 바람도 피워 본 놈이 피운다고 결국 서너 해를 못 견디고 뒤돌아온 거야 그냥 너하고 살지 하며 잊고 살아온 날이나 살아갈 날들이 갈수록 좋은 거 있지 좋은 정도가 아니었어 이런 변덕, 우금치와 공산성 봉황동 큰샘골과 제민천 뚝방과 의당 소전까지 구석구석 다 이쁜 거야 하루에도 몇 번씩 입 맞추고 싶어 지금껏 안달이야 어쩌다 보름달이라도 뜨는 밤이면 아, 지금은 이름만 남은 미나리꽝 따뜻한 물빛과 무진장 황홀하던 금강 모래밭과 애써 잊었던 보송보송한 어린 날 네 얼굴까지 모조리 그리워하면서

구두의 꿈

오늘 밤도 나는 불 꺼진 현관에서
당신 꿈을 꾸어요
단 하루도 거르지 않은 일이예요

내일 아침도 변함없이 당신을 번쩍 들어 올리고
두 발을 상큼하게 떠받칠 거예요
그렇지 않으면 당신이
숨찬 오르막길을 어찌 다 오르고
아찔한 내리막길을 어찌 내려갈까요

내일도 태양은 틀림없이 떠오를 거예요
당신이여
두 발로 땅을 단단히 디디고
두 눈 높이 들어 하늘 바라보며
두 팔을 앞뒤로 씩씩하게 흔들고
뚜벅뚜벅 길을 가시면 돼요

아침 햇살 폭포처럼 쏟아지는 길
천지사방 거침없이 누빌 당신을 위해
오늘도 나는 밤새도록 당신 꿈을 꾸어요

데자뷰*

그녀가 바로 그대였군요
아스라한 기억 저 편
비단강가에 노을 붉어 오면
내 손 꼭 잡고 걸으며
해와 달 이야기를
조곤조곤 들려주던 그대

우주 가운데 점點만 한 별에서
만난 것도 기적인데
그때 그 이야기를 다시 듣다니
기막힌 인연이지요

그대를 만난 것이
천오백년
어쩐지 그대를 처음 본 순간
기절할 뻔했어요

언젠가 어디선가 본 적 있는데
언제였지
어디였지
맞다 천오백년 전
붉게 노을 진 비단강가를
내 손 꼭 손잡고 걸으며

해와 달 이야기를
조곤조곤 들려주던
그녀가 바로 그대였군요.

* 데자뷰 : Déja-Vu. 이미 본 적이, 만난 적이 있다는 특별한 느낌

딸

아들 하나로 딱 끝내려다
하느님 뜻으로 딸을 두었네

살다 보면 마음먹지 않아도
되는 일이 있고
작심해도
되지 않는 일이 있네

살면서 제일 잘한 일
지나 보니 알겠네

사랑채 불타던 날

소죽 쑤던 할아버지는 아궁이 불등걸을 훔친
봄바람을 놓치고 말았다
사랑채는 금세 타올랐다

동네 사람들이 달려와
양동이로 우물물 길어 나를 때 할머니는
물에 적신 솜이불로 지붕을 날쌔게 덮었다

난리는 짧게 끝났으나
대가는 혹독했다
뒤얽힌 짚과 기둥과 서까래

다들 넋이 나가 있을 때
할머니가 이번에는 밀주를 내왔다
어른들은 한 사발씩 들이키며
괜찮어, 사람 안 끄슬린 게 어디여

그럼, 집은 다시 올리면 뎌

두려워 떠는 손주들 입에
할머니는 술지게미를 한 덩이씩 넣고는
어여 먹어 어여 먹어, 했다

우리는 금세 취해 곯아 떨어졌다
잠이 깼을 때는 이미 다음날
해가 중천에 떠오른 시간

지금도 선명하다
난리를 평정하고 놀란 어린 것들을 애써 달래던
할머니와
불탄 초가 위로 빛나던 태양

밤송이 아이는

원고지를 단숨에 채웠다

너는 얼굴이 모두 가시구나
태어날 때부터 가시였니
왜 그렇게 생겼니
그래도 네 속에는 고운 알밤이 있구나
내가 누군지 너는 아니?
나는 너와 반대야
얼굴은 고와도 속은 가시 투성이야
나는 엄마가 없어

아이는 원고지를 내던지고
도시락을 받아들고 춤을 추었다

키 작은 여자애
점심을 위해 숙제를 맨 먼저 끝낸 아이 얼굴이

오색으로 물드는 것을 나는 보았다

그리고 투실투실한 한가위 보름달밤
맞춤법도 글씨도 모두 밤송이 같은
아이의 작품을 읽으며
시인들은 지체없이
장원, 하고 소리쳤다
그날은
밤송이로 태어나 밤송이처럼 살아가는
세상 모든 아이들
장원에 등극하던 날이었다

지금은 스물이 훌쩍 지났을
초등학교 3학년 밤 농삿집 아이는
시인이 되었을까

해마다 밤송이 툭툭 떨어지는 소리 들리는

한가위가 오면

폴짝 폴짝 뛰어가던 아이 얼굴이

동그랗게 떠오른다

양압기

중증 수면무호흡증입니다
양압기를 착용해야 합니다
나는 비싼 양압기를 구입했다
어떻게 쓰지요
방독면처럼 뒤집어 쓰세요
어디에다 놓지요
침대 맡에 두세요
언제까지 쓰나요
평생요
특별히 주의할 일이 있나요
아뇨, 그냥 쓰고 자면 됩니다
얼마죠
독일제는 이백만 원 미국제는 이백오십만 원입니다
비싸군요
싼 겁니다
가끔 벗고 자도 되나요, 사랑도 해야 해서요

사랑보다 사는 게 중요합니다

몇 달 지나 병원을 찾았다
잘 쓰고 계신가요
답답해 미치겠어요
숨 막히는 것보다는 낫지요

두 해가 지났다
그리고 나에게는 힘이 생겼다
그냥 사는 힘

여보 잘 자요, 사랑해요
밤마다 방독면처럼 뒤집어쓰며 인사를 한다
우주선을 오르는 우주인처럼 손을 흔들며

텃밭

이른 아침 눈을 뜨기가 무섭게
엄마는 언제나
단정히 머리 빗질을 하고 텃밭을 다녀왔다
그것은 일종의 신앙

아욱국 냄새 집안 가득 돌고
호박과 가지나물 조물조물 무쳐지고 나면
들에 나간 아버지 헛기침을 하며 들어오는 일
그것은 오뉴월 오래된 우리 집 아침 풍경

사시사철 고깃국을 꿈꾸는 어린 것들은
밥상이 문턱을 넘는 순간
푸른 풀 잔치에 으레 분노하지만
어이 구수해, 바로 이거여
아버지 혼자 늘 탄성이었다

어느 날 문득 어른이 되어
한 뙈기 손바닥만한 텃밭을 얻어
호미로 호비작거려 노가리로 뿌려 놓고
매일 아침 경건한 물을 주어 키운
아욱 쑥갓 고추 상추

텃밭 가득 두런거리는 신성한 것들을
해 뜨기 전
가만 가만 뜯어다 밥상 가득 올리며
나는 깨닫는다

엄마가 날마다 드나들던 새벽 안식처가 그리워
해마다 유월만 되면
왜 그렇게 비척거렸는지

위고 *

청계천 헌책방에 들어갔다
이것저것 뒤적이다가
쿰쿰한 냄새 쩔은 구석에서 위고, 를 만났네
단돈 삼천 원에 영웅을 본다는 게 짜릿하여
서둘러 책을 폈다

가난한 이에게 전 재산 5만 프랑을 전한다
그들의 관을 만드는 데 쓰이길 바란다
교회의 추도식은 거부한다
다만 영혼으로부터의 기도를 부탁한다
하느님을 믿는다

빛바랜 만년필 밑줄 위로 빛나는
선연한 유언

정의와 연민과 혁명,

뜨거운 단어들을 한시도 잊은 적 없는 이
관에 들어갈 시간에도
참 칼칼했구나

태양이 중천에 떠올랐다
종로3가 역까지 걸어가는 길
가슴 뜨거웠다

* Victor Hugo(프랑스 작가, 1802~1885). Les Misérables, No-
tre-Dame de Paris 등의 대작이 있음

물레방아

함박눈 펑펑 내리던 토요일 늦은 오후
발 닿는 대로 걷다 들른 헌 책방
탑골서점

찾으시는 책은요?
아뇨 그냥…
나는 벌써 손에 들고 있었다
손때 절은 삼중당 문고판,
그리고 금세 열다섯 살 겨울 밤으로 돌아갔다

사춘기, 이백 원짜리 책은 위안의 동굴
그 날도 눈이 하얗게 내렸었다
발개진 얼굴에 이불을 뒤집어쓰고 보던
나도향의 물레방아 이십일 쪽

방원은 계집을 이끌고 방앗간 안으로 들어갔다

거기까지, 후닥닥 책을 덮었다
엄마가 불쑥 들어왔다
책은 책상 밑 깊숙이 들어가고
늦은 밤 책을 다시 꺼내 읽을 때까지
아랫도리가 얼마나 후끈했던지
이 늦은 나이에
왜 그 책이 번쩍 눈에 뜨였는지…

집에 돌아오는 길
흰 눈은 첩첩 쌓이고
유년의 물레방아
느그덕 느그덕 돌고 있었다

팔월 보름

보름달이 뜨면
조무래기들은
온 동네를 강아지 마냥 쏘다니다가

밤이 이슥해지면
우리 집 마당 멍석 위에 가로 세로로 누워
막 쪄낸 감자와 옥수수를 먹으며
달빛을 등불 삼아
뽕, 벙어리 삼룡이, 배따라기,
손바닥 만한 책을 읽으며

가난은 왜 그렇게 아픈 건지
사랑은 왜 저토록 높은 곳에서
슬프도록 빛나는 건지

하나같은 생각에 잠겨 있다가

달이 이울 시간 차례대로 잠이 들어
뜨거운 꿈을 꾸며 잠꼬대를 하고
몽정을 하기도 했지

그리고 마흔 몇 해를 떨어져 사는 동안
누구는 시인이 되고
누구는 뱃사람이 되고
누구는 노숙자가 되고
누구는 서둘러 하늘로 갔으나

우리는 여태 헤어진 적 없네
모두가
빛나던 유년의 보름달과 손때 묻은 책 때문이지

하느님의 불놀이

벌겋게 불이 번지기 시작하면
우리는 깡통을 돌리며
들판이 환희로 뒤덮이는 것을 보았네

근거 없는 신명으로 밤을 새우고
이튿날 바라본 풍광은 검은 우울의 땅
그해 모진 겨울이 어떻게 끝난지 모르네

문득 봄은 찾아오고
온 땅이 파릇파릇한 생명으로 가득할 즈음
어른들은 농사 채비를 서둘렀지
퇴각하는 겨울을 지켜보는 장수(將帥)들

어린 우리는 일찍이 보았네
때가 되면 세상에 불을 지피고
오만의 들판을 남김없이 태운 뒤에야

비로소 봄을 내놓고
흔적조차 지워진 검은 땅에서만
일을 시작하는 하느님을

호모 에렉투스*

남자는 부싯돌을 힘주어 부벼
움집 화덕에 불을 지폈네
그리고 식구들을 불러놓고
사냥해온 물고기를 막대 코챙이에 꿰어
지글지글 구웠지

자욱한 연기, 콜록콜록 거리며
남자는 노릇노릇 익은 물고기를
식구들에게 떼어주며
자기도 한 점 입에 넣었네

움집에는 장작불이 탁탁 타오르고
시시덕 거리는 소리 그칠 줄 몰랐네
늦은 밤 아이들은 윗목 아랫목 가로 세로로
서로 껴안거나 다리를 얹어놓고 잠이 들었지

남자는 여자에게 팔베개를 해주고
여자는 남자의 품에 안겨 잠을 청했으나
훤히 뚫린 천장 위 하늘에서 쏟아지는
별들 때문에 둘이는 밤새 뒤척였네

머리맡에서는 새벽을 기다리는
사냥돌과 긁개와 자르개
밀개와 새기개와 주먹도끼가 밤새 도란거리고

* 호모 에렉투스 : 최초로 불을 사용한 원시인. 공주 석장리 박물
관에서 지음.

제4부

너무나 가벼운

자유에 대하여
정의에 대하여
진리에 대하여
하느님의 방관에 대하여

열변을 토했다
잠자코 듣던 아내는 이쁘게 말했다

여보, 쓰레기나 좀 버려줄래요
음식물은 꼭 짜서 분리하고
비닐은 깨끗한 것만 재활용으로 넣고요

금강, 칠월 장마

할 말이 많았구나
울어라, 실컷 울어라
푸르게 흐르느라 얼마나 힘들었니

그렇지 않아도 된다
늘 푸르러야만 하는 건 아니다
붉게 흘러도 괜찮다

힘들 때는 울어라
울며불며 넘쳐 흘러라

그리고 살아라
이제부터는 너로 살아라

노송

오래전 누군가 심었겠지요
오늘처럼 따뜻한 봄날
물을 주고 흙을 꼭꼭 다졌겠지요
아름드리가 되었네요
심은 이도 아름드리로 살았겠지요

어른으로 가는 길에
어디 따뜻한 봄만 있었겠어요
가뭄과 홍수와 폭설까지
험한 날과
두려운 밤이 하루 이틀이었겠어요
누군가는 베려 하고
누군가는 찍으려 안달하지 않았겠어요

레지스땅스,
왜놈들이 생난리를 치던 날이나

한 핏줄끼리 독하게 싸우던 때나
어지러운 시절 다 이기고
나무, 라는 이름으로 우뚝 살아남은 이를
레지스땅스, 말고
부를 만한 다른 이름이 있을까요

지금까지 오백 년
지금부터 오백 년 후에도
그늘로
숲으로
끝내는 밥으로
몸을 통째로 내어주고야 말 그이를

누이여 *

소나기는 피하고 보라
파도치는 날은 낮게 밀물지라 했는데
손 끝에 바늘 한 땀 찔러도
악, 하고 비명을 지르는데
그 험한 생각을 하셨나요
눈 한번 질끈 감고 무릎 탁 꿇면
모진 올가미 벗고
몸이라도 성히 건졌을 텐데
결국 눈 부릅뜨고
그 거친 말을 하셨나요
누이여,
우리도 누이 핏줄 아닌가요
더는 추한 길로 가지 않을 게요
그릇된 이들에게 굽신거리지 않을게요
밥 세끼 빼놓지 않고 먹고
등 따슨 집에서 잠을 자며

하늘 오르는 계단만을 찾고

온갖 추한 곳을 기웃거리고

나 하나 잘 될 일이면

간 쓸개 다 빼주며 살았는데

누이를 생각하면

그렇게는 살지 말아야겠어요

무서운 형틀도 없고 총칼 날아오는 것도 아닌데

그렇게까지 살지는 않을게요

누이를 생각하면

모두가 사치지요

온 몸 찢기면서도 놈들을 서슬지게 혼낸

누이를 생각하면

그렇게까지는 살지 않을게요

누이여, 누이여

* 3 · 1 혁명과 임정 수립 100주년에 유관순 열사를 생각하며

다낭에는 다 있다

다낭의 이월은 꼭 여름 같다
눈보라 치는 겨울을 떠나
다섯 시간 설잠이면 발이 닿는 곳
찬란한 태양과 그림 같은 해변
역사의 포식자들의 놀이터
페르시아 전쟁이나 워털루 전투만큼
지금은 옛 이야기가 된 곳

지구 어디건 발이 닿는 곳이면 집이 되는 세상에
삶의 종점까지 따라붙는 지식을
발에 묻은 먼지처럼 여기라는 말이
맞을 수도 있다는 생각을 하게 하는

다낭에는 무엇이든 다 있다

속과 겉이 똑같은 황금 망고가 있고

겉은 철퇴를 닮았지만
속은 특별한 향과 맛을 지닌 두리안이 있고

정의로 포장된 베트남전,
똥별들의 휴양지에는 점령자들의 민낯이 즐비하다

시간 만한 약은 없다고 했는가
중국과 프랑스와 일본과 미국의 홀로코스트, 슬픈 세
월을
여름 밤 모기에게 내준 핏방울로 여기고
아무 일 없었다는 듯 저렇게 빛나는 얼굴들

중국말 프랑스말 일본말 미국말에 눌리지 않고
내 나라 말을 하나도 잃지 않은 나라
노예로 산 긴 시간에도
야성을 잃지 않은 구천만 꼿꼿한 이들은

오늘도 신짜오, 신짜오
온 종일 낭낭한 얼굴로 씩씩하게 길을 가는

다낭에는 무엇이든 다 있다

망고와 두리안과 까랑까랑한 말과 글
종일 전진하는 오토바이와 밤새 시끌벅적한 야시장과
베트남전, 제국들의 부끄러운 윤간의 명징한 기억까지

다낭에는 없는 것 빼고 다 있다

대지

그 이름을 쓴다

티라노사우스의 질주 위에
알타미라 동굴 위로 빛나던 태양 위에
그 이름을 쓴다

하느님이 주무시는 사이에
오로지 정복하고 다스려진,
푸르른 독 넘실대는 강 위에
종말의 고비사막 모래바람 위에
그 이름을 쓴다

네 가녀린 살갗 위에
피가 흐르는 아토피 위에
그 이름을 쓴다

마지막 유언을 적는 우리들의 누이
우리의 어머니 위에
연명치료 기한이 찬 행성 위에
그 이름을 쓴다

잃어버린 그 이름을 쓴다

빗물의 절규

머물 자리가 없구나
스밀 틈이 없구나
너만 보고 달려왔는데
네 푸근한 가슴에 안겨야 하는데

어디 있니
얼굴을 보여 다오
가슴을 열어 다오

내 눈이 멀었니
너는 어느 깊은 곳에 갇혀 있어
너를 스치지도 못한 채
콘크리트 위를 총알처럼 지나
나는 이렇게 험한 벼랑으로 치닫는 거니

마을로 1

마을로 돌아가야 해
우리는 모두 마을을 떠나온 이들

마을은 마을로 끝없이 이어져 있고
우리는 모두 마을에서 태어나 마을에서 살았지

어느 날 훌쩍 마을을 떠나
낯선 도시, 빌딩 속, 스크린 속에서
익명의 사랑과 이별과 방황
일의 노예, 계급의 노예로
사나운 전쟁 모두 치루고

이제라도 부서진 영혼을 안고
다시 돌아갈 곳
우리들의 남은 사랑을 마저 하고
늙고 그리고 죽을 마을

〉

기억하잖니
느릿한 시간과 더불어 일하고
먹고 수다 떨며 살아온 시간들
외로웠으며 가난했고
마뜩찮은 일 마음 졸일 일
때로 막막한 일
마을에서는 모두 괜찮았잖아

마을에서는 별 일 아니었어
모두가 괴로움은 아니었어
되레 따뜻한 일이기도 했잖아

늦기 전에 가야 해
오랜 시간 보지 못했으나
처음부터 우리 곁에 있어온 마을로
이제 돌아가야 해
황급히 떠나온 우리 마을로

마을로 2

얼마나 더 빨리 달리고
얼마나 더 이겨야 할까
얼마나 더 많이 짓고
더 많이 헐어야 할까
질주는 벼랑으로 이끌고
풍요의 끝은 쓰레기뿐

이제는 마을로 돌아가야 해
돌아가는 이의 머리 위로
태양은 더욱 빛나고
풀풀 이는 먼지도 환희이어라

마을로 돌아가는 이에게
어두운 밤 두려울 것이 무엇이니
쏟아지는 별 아래
영혼은 더욱 맑고 따뜻하리니

느릿한 걸음 작은 욕망으로 돌아가야 해, 지금

마을로 돌아가는 길은
걸을수록 힘이 솟고 빛나리니

미세먼지

바람을 타고
오늘은 멀리 날고 싶다
바다 건너 먼 곳까지 거칠게 날고 싶다

바람아, 땅으로부터 일어나
하늘 끝까지 솟아라

사월이 끝나기 전
뿌연한 세상
기필코 탈출하여

돌풍을 타고 치솟아
지구 저편까지 순식간에 날아가고 싶다

거기, 마추픽추 신전
잉카의 하늘 아래

〉
미치도록 푸른 땅 위에
툭, 떨어지고 싶다

숨 막히는 날이다

봄날은 간다

갓난애가 숨 넘어 가도록 울어요
멀쩡한 사내가 낮술을 퍼 마시네요
우리 집 강아지가 우울증에 걸렸어요

미세먼지 때문에 미치겠어요
딱 한번만 지구를 거꾸로 돌려 주실 순 없나요

미처 속곳도 못 챙긴 목련
아찔한 알몸 위로
폭설이 쏟아지네요
다들 제 정신이 아니에요

그나저나
이 잔인한 봄날 제 갈길 갈 때쯤이면

담쟁이,

어린 것들 한 타래 이끌고

아득한 담

기어이 오르고야 말겠지요

아니기를

아무 것도 아닌 것이 아니기를

지상에 남은 이름이여
천상에 오른 이름이여

아무 것도 아닌 것이 아니기를

팽목항 모진 바람에
말라 쩔어붙은 눈물이여

아무 것도 아닌 것이 아니기를

언제 피었느냐
왜 피었느냐
사월의 가슴에 까닭없이 쏟아져 누운
자목련

붉은 아우성이여

아무 것도 아닌 것이 아니기를

더 낮은 자리로, 더 진하게

강병철(소설가)

90년대 초입 언제쯤 스산한 늦가을이었을 것이다. 공주 지역 국어교사로 복직한 나는 소위 리스트에 오른 교사였고 그날도 벗들과 함께 금강변 터미널 입구에서 '해직교사 원상회복' 서명 작업으로 노태우 정권에 저항하는 중이었다. 직행버스 시간에 쫓기는 승객들의 옷소매 당기며 수상한 시국을 견디는 중인데.

"훌륭한 일을 하시네요. 감사합니다."

누군가가 청량한 목소리로 소매를 조붓이 당기는 것이다. 초저녁 후광 탓일까. 처음 만난 그는 단아한 순백의 표정이었다. 그리고 옆에서 서명을 거들다가 버스 시간에 맞추는 짧은 조우로 헤어졌으니 그가 박용주 시인이다. 표표히 사라지는 뒷모습으로 은행잎 노란빛이 우수수 쏟아졌고 설핏 다산 정약용이 겹쳤으나 표시는 내지 않았는데.

그랬구나
시베리아보다 더 모질도록 춥던
지난 겨우내
험한 시간을 몸부비며 견뎌냈구나
―「감자 캐는 날」 부분

그가 텃밭 새벽 씨앗을 다듬어야 출근길이 편안한 체질임은 나중에 안 사실이다. 어느 날 씨감자를 담은 비료포대를 열다가 재빨리 칼을 내려놓았다. 서늘하다. 침침한 그늘에서 씨감자들이 서로의 체온으로 부둥켜안은 채 시베리아 칼바람을 견뎌낸 모습에 가슴이 철렁 내려앉는다. 이미 수태를 끝낸 그들을 양지쪽 밭이랑에 데려다 주기로 마음먹으니 그게 시인의 성찰이다. 그의 발걸음마다 인고의 풍경들이 노란 새순처럼 살아나는 이유이다.

아욱국 냄새 집안 가득 돌고
호박과 가지나물 조물조물 무쳐지고 나면
들에 나간 아버지 헛기침을 하며 들어오는 일

그것은 오뉴월 오래된 우리 집 아침 풍경
　　―「잃어버린 텃밭을 찾아서」 부분

　　다 따지 말어
　　꼭대기에 몇 개 남기고 내려 온
　　까치도 먹고 살아야지
　　다 따버리면 욕해
　　―「감 따는 날」 부분

　　들판에서 돌아온 아버지의 기침 소리가 담장을 넘던 그 시골집 오뉴월 풍경과 뚝뚝 떨어지는 감나무 단풍 아래에서 노모의 잔소리가 그리도 아늑하구나. 몇 발짝 안 되는 텃밭을 나가더라도 머리카락 단정하게 빗질을 하셨으니 땅을 향한 그미의 신앙이 삼삼하다. 그러니까 '지식인 촌놈'의 인자함으로만 살아온 연륜도 필경 집안 내력이 틀림없다. 감나무 꼭대기 홍시 하나는 까치밥으로 남겨야 한다는 김남주의 「조선의 홍시」가 또 겹쳐지는 사유는 과연 무엇인가.

　　난리는 짧게 끝났으나
　　대가는 혹독했다
　　뒤얽힌 짚과 기둥과 서까래
　　―「사랑채 불타던 날」 부분

소죽 쑤던 할아버지가 아궁이 봄바람에 깜빡 취한 후폭
풍이다. 불등걸을 놓쳤고 사랑채가 도깨비불처럼 활활 타
오르는 순간이다. 할머니가 물 적신 솜이불로 날쎄게 덮었
으나 시간이 늦었고 기둥과 서까래까지 시커먼 나신을 드
러내었다. 모두들 넋이 나갔을 때 할머니 혼자 식솔들 어
깨를 두들기며 '괜찮어 괜찮어' 하며 밀주 한 사발씩 권하
니 그게 연륜의 다독임이다. 소년도 술지게미 한 덩이 물
고 금세 취해 곯아떨어졌다. 다시 잠에서 깨어났을 때는 해
가 중천에 솟은 한낮이었다. 대보름 전날 밤에 돌린 쥐불놀
이 깡통이 지나간 자리마다 샛노란 새싹들이 희미하게 표
시내던 이른 봄이다. 그는 문득 그 풍경을 '하느님의 불놀
이'라고 이름 짓고 싶은 것. 불탄 초가 위로 떠오르던 붉은
태양을 잊지 못한 채 소년은 그렇게 소소한 추억과 아픔을
먹고 잔뼈를 키웠다. 사연 많고 정 많은 시인으로 성장하
는 과정이 된다.

어둔 밤을 힘차게 헤치고 오라
거친 파도를 타고 몸을 던져 오라

난민의 품격은 살아 남는 것
두려움에 저항하는 길은
부딪쳐 부서지고

부서져 부딪치는 것
—「밤바다」부분

　그는 백제의 도읍 공주의 외곽인 의당면 수촌에서 태어
나 착하고 명석한 범생이표 칭찬에 익숙한 유년을 보냈다.
공주사대부고 시절 예쁘고도 아름다운 발음의 소유자 최혜
선 선생님한테 홀딱 빠진 기억으로 결국 불어교육 전공을
택한 것도 알고 보면 운명이다. 대학 시절에는 공주에 거주
하던 프랑스 카톨릭 신부님들의 수업에 몰입했고 종종 철
학적, 신앙적 논쟁을 했다. 그 시절이 지금 시인이 가진 신
앙의 출발이었던 것 같다. 그리고 원어연극과 함께 보들레
르(Baudelaire), 베를렌느(Verlaine), 랭보(Rimbaud) 같은 상징
주의에 빠져 열정의 시간을 보내기도 했다. 훗날 그가 시집
『가브리엘의 오보에』와 『별들은 모두 떠났다』를 상재했고
특히 번역서『혁명, 마을선언』으로 세간의 주목을 받는 등
예닐곱 정붙이를 출산했지만 여전히 입술을 붙인 채 표시
를 내지 않던 장승같은 사연은 나중 얘기이다.

　우금치와 공산성 봉황동 큰샘골과 제민천 뚝방과 의당 소
전까지 구석구석 다 이쁜 거야 하루에도 몇 번씩 입 맞추고
싶었어 지금껏 안달이야 어쩌다 보름달이라도 뜨는 밤이면
아, 지금은 이름만 남은 미나리꽝 따뜻한 물빛과 무진장 황

홀하던 금강 모래밭과 애써 잊었던 보송보송한 어린 날 네
얼굴까지 모조리 그리워하면서
  ―「공주 놈」 부분

　　중학교 시절에는 삼중당 문고판 나도향의 「물레방아」에
아랫도리 후끈한 감성에 젖기도 하였으며, 스물네 살에는
통지표의 우등생 도장이 행복의 유일 수단이었던 유년을
떠올리며 '촌놈' 딱지를 떼어내고 싶어 대학원 진학을 핑계
로 공주를 탈출하여 몇 년을 안암동 뒷골목을 헤집고 다녔
다. 그리고 청계천 헌 책방에서 발견한 빅토르 위고에도 빠
졌었으나 도심지 휘황한 불빛은 그의 심장에 체화되지 못
한다. 다시 고향에 안착해 후세들과 교학상장의 삶으로 새
로움을 다짐했으니 그게 시골 훈장의 팔자이다. 행복했다.
아들 하나에 딸 하나를 더 두었으니 그의 포만감은 그지없
는 셈이다. 장년의 언덕을 지나는 그는 지금도 새벽 텃밭에
서 호밋자루를 호비작거리며 일상의 채비를 갖춘다.

　　아이가 아이이기를 바라는 것은
　　얼마나 깊은가
　　아이는 아이일 수 있다는 것을 생각하는 것은
　　얼마나 따뜻한 일인가

아이는 아이다

얼마나 경이로운 말인가

　ー「아이가」부분

　시인은 대학원에서 앙드레 말로(André Malraux)나 생텍쥐
페리(Saint-Exupéry) 같은 행동주의를 연구했으나 학비 감
당이 어려워 결국 불어교사 자리를 선택했는데 실은 그게
행운이었다. 그 덕에 다사다난한 교학상장(敎學相長)의 세
월을 보내게 되었으니까. '어린왕자(Le Petit Prince)' 원어를
연극으로 올리고, 우리 노래 프랑스 번안 동아리를 만들고,
담임반 아이들 생일에는 일일이 손편지를 써주는 자상함
도 삼삼하게 떠오른다. 금요일에는 단발머리 소녀들과 함
께 양푼에다 밥을 비벼먹고, 고3 담임을 맡게 되면 수능 100
일 전 야간 자습 시간에 사제동행 백일주를 마시는 용감한
일탈도 시도했었다.

　교정에서 만난 질풍노도들에게서 어른이 된 훗날의 표정
을 읽어 내려가는 그의 표정이 낱낱이 아슴아슴하다. 그랬
다. 그는 제자들을 감히 하늘처럼 섬기려 했다. 지하의 혈
관이 터지면서 숨은 미로를 찾아내듯 럭비공들의 행간을
조심조심 더듬는다. 시인의 눈으로 포착한 그 민낯의 세계
에 맨살 비비듯 밤마다 손바닥으로 발바닥으로 거울을 문
지르는 것이다. 그 지성의 표정은 수십 년 세월이 흐른 작

금까지 여전하다. 그러나 강하지는 않다. '꼭' '절대' '반드시' 같은 강한 부사어를 피하며 느리게 가야 소통의 문이 열린다는 것을 안 사람이다.

시인은 칠판 현장에서 뼈를 묻고 싶었으나 성대 결절이 심각해진 후 고뇌에 빠진다. 수술 후 1년 간 투병을 하며 돌연 교육전문직으로 몸을 바꾸니 그 또한 팔자소관이다. 그 후 홍성군 어디쯤 작은 마을의 중학교 교장으로 '혁신학교 1번지'를 만들었으니 새로운 변신이랄까. 지금도 그 시절 학교와 함께 마을교육공동체를 만들던 양도길, 주환택, 김용분, 박신자 같은 교육동지들과 홍순명, 주형로 같은 동네 어른들이 고맙고 또 고맙다며 디테일한 기억들을 더듬곤 한다.

또 있다. 영화 '죽은 시인의 사회'의 키팅 선생님을 떠올리며 실천한 '시(詩)적 학교 경영'이다. 꿈나무들에게 상상력을 불어넣는 감성적 학교를 만드는 노력을 했다. 시작(詩作)에 재능을 보인 소년 이은찬 학생을 불러 교장실에서 습작지도를 1년 넘게 지속한 것도 특이한 일이다. 마침내 시집을 만들어 마을 어른들을 초대한 출판기념회를 열고 '홍동 아동시인'이라는 이름을 붙여주었다. 그 소년은 지금 풀무고등학교 3학년이고.

개안타
억울할 것 없제
자식 모다 대학까지 가르치고
살림 차려 주었응게
이만하면 잘 살았제
휘이, 휘이
　－「멘또롱 또똣한」부분

　이번에는 열아홉부터 물살에 물구나무서던 숨비소리 해
녀가 작품에 등장한다. 서귀포 물살로 풍덩풍덩 자맥질할
때마다 마지막을 예고하면서도 멈추지 못한 모진 명줄을
떠올리는 중이다. 기실 그미들도 구들장에 등허리 지지며
해가 중천에 뜰 때까지 늘어지게 자고 싶을 것이다. 딱 한번
이라도 며느리가 차려주었으면 하는 따뜻한 밥상도 거품으
로 날려버린 채 파도에 뛰어드는 무심한 표정이다. 늙은 해
녀의 초탈한 스크린을 그가 놓칠 리 없으니 천상 시인이다.
좋은 시란 제발 무엇인가. 눈앞의 풍월을 벗어나 남의 아픔
을 내 몸에 체화시키는 그것일까?

　그는 시인의 길에 인생을 걸었지만 과욕을 극 절제하는
묵묵한 스타일이다. '유럽풍 몽환적 낭만주의'를 모방하던
젊은 날을 거두고 그는 결국 리얼리스트로 남고 싶어 한다.

하여, 달콤한 언어유희를 거부하고 '앙가주망(Engagement)'을 지향점으로 정한다. 본디 범생이 체질인 그에게 현실참여의 보폭이 만만치 않지만 망설임 없이 스크럼에 어깨 두르는 차선의 길을 선택한 것이다. '나즈막한 삶'의 벗들과 팔짱을 낀 더욱 낮은 자리가 익숙한 것이다.

그래서일까, 곱상한 외모와 다르게 어둠이 더 아늑하다며 찬찬함을 꿈꾼다. 때로는 격파激波에 몸을 맡기며 두려움조차 편안히 껴안는다. 밤마다 파도를 타고 치달리며 외로움의 의미를 진하게 되살리니 그가 로맨티스트를 벗어나 레지스땅스를 꿈꾸는 연유이다. 더러는 세상의 책들을 태워버리고 노작과 수렵의 세상을 떠올리니 어두운 공간이 더 또렷이 드러나는 새로운 눈도 뜨게 되었다. 그 사이에 시인의 머리카락이 눈사람처럼 하얗게 쌓여있으니 그게 세월의 나이테이다. 이제 벌판과 산맥에서 쏟아지는 길짐승들의 소리도 아프지 않게 껴안을 수 있으리라.

하느님이 주무시는 사이에
오로지 정복하고 다스려진,
푸르른 독 넘실대는 강 위에
종말의 고비사막 바람 위에
그 이름을 쓴다
―「대지」 부분

시인은 완전히 오염된 지구별을 향한 극도의 연민을 호소한다. 누이이며 어머니인 '망가진 대지'에 대한 아픔을 삭이지 못한다. 범인의 눈에는 보이지 않는 신성함이다.

근래 시인은 고향 시골 마을에 작은 도서관을 지었다. 이반 일리치의 계시대로 작은 도서관이야말로 꿈을 키우고 지구를 살리는 가장 선량한 방법이라고 푯대를 설정했다. 자본주의가 가져온 거대한 권력과 막강한 폭력, 끝없는 불안의 시대를 살아온 우리 시대가 끝나기 전, '작은 마을'에 공동체 울타리 작업을 시도한 것이다. 작금의 정치, 교육, 신앙이 치닫는 신자유주의의 거대 담론, 초 경쟁적 가치관, 오만한 호모사피엔스 중심 철학으로는 꿈나무들의 미래가 보이지 않는다고 화들짝 판단하는 것이다. 작은 마을, 작은 학교, 작은 소비 공동체가 살아야 글로벌 괴물들이 가고 아름다운 로컬이 온다고 확신한다. 늦지 않았다. 저출산의 시류가 시골 마을에 더 빨리 진입했지만 자세히 보면 여전히 꿈꾸는 악동들의 천진함에 파묻혀 잘난 아이 못난 아이 구별 없이 그 속에서 함께 하는 꿈을 모을 수 있다는 것이다. 기실 이것도 홍성 작은 마을의 중학교 교장 시절 '푹 빠져 지낸' 마을 작은 도서관이 가져다 준 시민의식과 연대행동에서 얻은 결론이란다.

안 가요, 내가 왜 가요
등 굽은 시아부지 발 절뚝이 시엄마
밥은 누가 해준단 말이에요
　　—「베트남 댁」부분

　　시인의 따스한 눈은 한계가 없다. 지아비가 먼저 떠나고 베트남댁 혼자 코흘리개 삼남매의 둥지를 힘겹게 꾸리는 풍경이 등장한다. 그 사이에 화마가 겹쳐 집까지 홀라당 사라져버렸다. 시부모들은 아이들 데리고 남국의 친정으로 가라고 성화이지만 그미는 호찌민의 후예답게 단호히 거절한다. 그렇게 이국땅에서 지아비 없이 살아가는 마을에 푸른 하늘과 뭉게구름이 가까이 다가서길 시인은 갈망한다. 야트막한 지붕 아래로 담장 너머 된장국 내음 도란거리는 작은 마을도 놓칠 수 없다. 마당에 멍석을 깔고 둘러앉아 그미들과 다독다독 찐감자를 나눠먹는 그런 나라가 시인의 꿈이다.
　　그는 용포 두른 왕이 근엄하게 갑질 횡포를 부리는 권위의 껍데기들을 단호히 거부한다. 더 낮은 자리로 더 진하게 다가서며 그저 가끔 금강의 칠월 장마에 넋이 빠져도 무관하다. 푸르게 흐르다가 한바탕 붉게 넘쳐도 견딜만하다며 호기도 부린다. 폭포수와 옹달샘 그리고 청노루와 숫사자가 서로 얼크러진 채 '너로 살고 나로 사는' 조화를 이루는 풍경이다.

남자는 여자에게 팔베개를 해주고
여자는 남자의 품에 안겨 잠을 청했으나
훤히 뚫린 천장 위 하늘에서 쏟아지는
별들 때문에 둘이는 밤새 뒤척였네
　　－「호모 에렉투스」부분

　이상하다. 지적 견적 창고가 가득 찬 그가 꿈꾸는 세상이
하필 구석기 움막이라니. 움집 화덕에 부싯돌 부며 불 지
피고 물고기 꿴 막대기에서 지글지글 떨어지는 기름덩이
를 보는 원시의 표정이 그리도 화사하다. 피붙이들은 포만
감에 빠진 채 가로 세로 제멋대로 다리를 올리며 잠에 빠진
다. 하늘에서 쏟아지는 별똥별 때문에 잠을 뒤척이면 머리
맡으로 주먹도끼와 사냥돌이 이맛살 맞대고 수런거린다.
아, 아름답다.

시간만한 약은 없다고 하던가
중국과 프랑스와 일본과 미국의 홀로코스트, 슬픈 세월을
여름밤 모기에게 내준 핏방울로 여기고
아무 일 없었다는 듯 저렇게 빛나는 얼굴들
　　－「다낭에는 다 있다」부분

지금은 휴양지가 된 남국의 그 유역이지만 반세기전 제국주의 포식자들을 떠올리는 역사적 성찰에 시인은 빠졌다. 부끄러운 순간일수록 명징하게 기억해야 한다고 그는 감히 주장한다. 페르시아 전쟁이나 워털루처럼 모두가 옛이야기가 되었지만 시인의 유년 시절 그도 '8사단 오뚜기부대 군가'를 우렁차게 부른 기억의 아이러니도 떠오른다. 사선으로 떠나던 파월 군인들, 정의로 포장된 전장터 장병들을 전송하던 우리들 유년의 철없던 명암이 교차시키는 것이다. 그 점령자들의 민낯과 맞서면서 야성으로 버티던 격변지 식민의 벗들을 응원하는 것이다. 아프다. 그래서 머무는 자리마다 속죄를 토로하는 그의 문장은 고즈넉하면서도 격하다.

아무 것도 아닌 것이 아니기를,

지상에 남은 이름이여
천상에 오른 이름이여

아무 것도 아닌 것이 아니기를

팽목항 모진 바람에
말라 쩔어붙은 눈물이여

〉
아무 것도 아닌 것이 아니기를

언제 피었느냐
왜 피었느냐
사월의 가슴에 까닭없이 쏟아져 누운
자목련
붉은 아우성이여

아무 것도 아닌 것이 아니기를
―「아니기를」부분

  하느님은 그렇게 착하고 꽃다운 생명들을 먼저 거둬들
였다. 어른들의 말을 너무 잘 들었던 사춘기 생명도 생짜
로 데려갔다. 그래도 시인은 아픔만 떠올리며 훌쩍거리고
만 있지 말자고 읊소한다. 잊지 말아야 한다. '아무 것도 아
닌 것'이 되어서는 안된다. 더 아파해야 한다. 나아가 진상
을 밝혀달라고 단식을 하는 한 맺힌 옆구리에서 치킨을 먹
으며 조롱하는 이들, 선글라스를 낀 성조기 부대 그 악다구
니 속에서도 또한 외로운 그늘을 찾아내야 한다. 비틀어진
이분법적 세상을 넘어서는 똘레랑스(Tolérance), 시인의 행
간을 놓칠 수 없다.

시인은 바야흐로 인생의 6부 능선을 넘는 중이다. 세월이 흘러 노송이 되면 고마나루 어디쯤 굽은 등으로 남아 옛날이야기를 들려주는 하회탈 할아버지로 변신하게 될 것이다. 자라나는 꿈나무들에게 아주 가끔 지나간 홍수와 폭설의 사연까지 곰살맞게 이야기해 주리라. 유관순이나 베트남 전쟁, 박씨부인전과 미운 오리새끼로 풀어내며 너털웃음치리라. 가끔씩 옆구리로 고사리손 불끈 쥐는 어린 그림자들을 흐뭇하게 바라보기도 할 것이다. 작은 도서관 모퉁이로 오그르르 따라온 삘기꽃들에게 외등을 켠 채 안겨주는 주먹밥 풍경도 삼삼하다. 더 낮은 자리로 가야 한다고 다짐하는 시인을 떠올리는 나의 마음은 그래서 더욱 아리고 수수롭다.